远近之间

黄其锋 著

陕西新华出版传媒集团
太白文艺出版社

图书在版编目（CIP）数据

远近之间 / 黄其锋著. -- 西安：太白文艺出版社，2018.12（2023.2重印）
ISBN 978-7-5513-1487-9

Ⅰ.①远… Ⅱ.①黄… Ⅲ.①诗集－中国－当代 Ⅳ.①I227

中国版本图书馆CIP数据核字(2018)第156790号

远近之间
YUANJIN ZHIJIAN

作　　者	黄其锋
责任编辑	申亚妮　蒋成龙
封面设计	可　峰
出版发行	陕西新华出版传媒集团 太 白 文 艺 出 版 社
印　　刷	三河市嵩川印刷有限公司
开　　本	787mm×1092mm　1/32
字　　数	95千字
印　　张	5.5
版　　次	2018年12月第1版
印　　次	2023年2月第2次印刷
书　　号	ISBN 978-7-5513-1487-9
定　　价	39.80元

版权所有　翻印必究
如有印装质量问题，可寄出版社印制部调换
联系电话：029-81206800
出版社地址：西安市曲江新区登高路1388号（邮编：710061）
营销中心电话：029-87277748　029-87217872

序

诗在生活之上

远村

我想说,一个人的生活是简单的,也是复杂的。说其简单,是因为一个人的世界是安静的,不用顾及别人的生活。说其复杂,是因为一个人的生活有太多的未知与可能,想要活得通透、明白,绝非易事。

然而,有一点似乎是可以做到的,那就是一个人可以让自己的生活过得好一些,快乐一些，幸福一些。这些快乐与幸福通过想象与联想是可以实现的。这个过程，就是对生活的诗化过程。如果一个人借助诗化的抒写，并以一种高于生活的姿态记下这个过程，那他就是一个了不起的诗人。

黄其锋就是这样的一个诗人。我看过他的诗集《远近之间》之后，就有了上面的一番感叹，也有了对他诗歌的一些认识。他把自己走过的路、干过的活、认识的人、吃过的苦、尝过的甜都经过诗化处理，从而让自己的生活变得与众不同，变得充满期待，偶尔也茫然无助。唯其如此，他才成为一个真正的诗人，他的精神生活，也因为诗歌变得富足与快乐。

诗人到这个世界上来，就是为了给自己的生活有个交代，这个交代，不是金钱，而是烟火之上的诗句。为了给出一个满意的交代，有的诗人倾其一生，在生活的洪流之中找寻属于自己的句子。虽然，我现在还不能说黄其锋的这个交代有多么成功，但是，我可以肯定地说，他写诗的路子是正确的，他所选择的抒写方式是可取的，他对诗的理解与认识是到位的，他的价值取向也是对的，他对语言的掌控也是有度的。所以，我相信黄其锋有能力找到属于自己生命本质的句子。

　　话虽如此，我还是要说诗乃大道，不是轻易即可修成正果的。从这个意义说，每一个诗人都在路上，更何况黄其锋这样的年轻人，更是要处理好诗与生活的关系。当下诗坛有股不好的风气，就是把诗放得太低。过去诗坛流行一句话，叫把生活过成了诗，而现在的那些兴风作浪的所谓诗人，把诗写得远比生活低，还不知羞耻地叫嚷自己是先锋诗人。这样自甘堕落的写作与不好的风气不谋而合，语言腐败正在祸害着我们的文化与文明。好在，黄其锋没有受其影响，一直坚守正道地写作。

其实，我一开始就说生活是复杂的，只是就诗与生活的关系而言的。诗意的生活、诗化的生活与诗性的生活是一个诗人必须弄清的几个概念。诗意的生活是原在的，是生活固有的品质；诗化的生活是他在的，是诗人赋予生活的审美；诗性的生活是生活之上的生活，是诗人通过各种审美、修辞、逻辑等方法而创造的生活。这样的生活，可能是诗，也可能是文，也可能是歌。由此可见，诗人就是创造生活的人。尤其是一个写诗的人，不弄清这几层关系，就有可能让自己沦为一个糊涂人，一个写了一辈子诗都不知道诗为何物的人。一个没有存在感的诗人，不是一个好诗人。

黄其锋的这诗集分四部分，即家在远方、记得忘记、旅梦人、独行的夜。无论是远方和梦，还是夜，读者都能感受到诗人和诗是同时在场的，是写自己的生活的。这说明，黄其锋从一开始进入这个领域，就是一个明白人，一个理清了诸多复杂关系的清醒的人。

我远离诗坛多年，这几年重返，有许多感慨。最大的不安莫过于诗歌高地的塌陷，索性重操旧业。春节过后，在手机上写了几十首诗，发到微信朋友圈，叫好点赞者不少。

我是在微信上读完黄其锋传给我的诗歌的，共89首诗，我只能分几次读完。好在这样的阅读，便于慢慢理出作者的意图。步入诗坛不久的黄其锋，年纪尚轻，但天资很好，人又勤奋。我之所以答应为他的诗集写序，除了老乡情分，更更要的原因是他的诗是建立在精神高度上的写作，是一种心灵的写作，是一种高于生活的写作。我相信，这本书之后，他还会有更多向上的力作问世。

目录 Contents

序 诗在生活之上

第一辑 家在远方

家在远方 /3
被淋湿的春雨 /5
草帽 /7
锄头 /9
夏天 /10
山风 /11

生活底色 /13

雨 /16

夏忙 /17

秋雨辞 /18

无可复制的夏 /22

信天游 /25

写给外甥 /26

穿过一条斑马线 /28

秋枫绝恋 /29

盹 /31

烽火台 /32

深秋，或者初冬 /33

第一场雪 /35

四季歌 /36

山村飘雪 /38

第二辑　记得忘记

记得忘记 /41

情婵 /42

南长安 /43

菊花香 /45

不懂 /46

虞美人 /47

阳光灿烂的日子 /49

能不能为我写首诗 /50

女漫画家 /51

你漫不经心的歌唱和我
　　　　　无精打采的掌声 /52

那一天 /53

等 /55

海子，让我们穿越 /57

致佳人 /59

把夜吟成一首诗 /60

等待逍遥 /61

衰 /63

我是否能骄傲地去爱你 /65

忘不了你 /67

致初恋 /69

她在等我的诗 /70

留恋 /71

最是你温柔 /73

荒芜 /74

如果洒脱 /75

恰似六月雪 /77
被快乐倒映着的心情 /78
记得 /80

第三辑　旅梦人

旅梦人 /83
在路上 /84
矿工 /88
她——致矿区女工 /89
山恋 /91
煤机司机 /93
与你的爱情 /95
幸福的守护神 /97
黑之魂 /98
电工的爱情从来都不会短路 /100
煤 /101
背影 /103
煤的自白 /104
在冬天的一枚叶片之上 /106
当我发现你 /108
透明的哀伤 /110

自由窥见的幸福 /112

在异乡的繁华中守望元宵节 /113

不如醉去
　　——听《新贵妃醉酒》有感 /114

一条街 /116

里程表 /121

论腿和脚的满意度 /122

闲趣 /124

第四辑　独行的夜

独行的夜 /127

猜 /129

抚摸一首诗的温暖 /130

如果 /131

开车穿过秦长城遗址 /132

风景 /134

我和太阳有个约会 /135

微信群里的失眠者 /136

在风的怀抱里 /138

回复 /140

夜的第七章 /141

一只蚊子丧命于"侠女"之手 /142
把自己埋了 /143
想起恩师 /144
眼镜框里的标点 /146
起舞 /147
只身遇见苏泊罕 /148
崩 /150
口罩 /151
感觉 /152
台灯 /153
独角戏 /154

附录 在想象的世界里潜藏美酒般的
　　　诗意 /155

第一辑　家在远方

家在远方

一声酣梦中的乳名
叫醒了头顶的霞光
一碗香味犹存的五谷
壮实了风雨中的臂膀
一抹幸福的泪水
浇灌了我前行的脚步
一脸灿烂的夕阳
滋润了我经年的心房

还有围裙中的寒暑
老茧里的沧桑
银发里的岁月
素衣里的幸福

放慢脚步,背起行囊
装好身后的那个地方
再远的路留给脚步去丈量

这一世恩情怎奈得时间匆忙

家，在那个魂牵梦萦的地方
心早已在归途中起航

被淋湿的春雨

记 忆

踩着春曲有备而来
两串稀疏的脚印
游走于季节
看见的
是一颗心
看不见的
是一双眼睛

远 足

寻找梦的归属
却不曾听懂双脚和欲念的默契

被浸润的闲适
敲打着远方和韵脚
那缕春风拂过的阳光
伴着亲人的微笑
温暖　香甜

晨　风

潮湿的眼眶
享受着这一季的表白
晨光微启
爱和行动蜂拥而来
风不会冷落每一位情人

草　帽

太阳在发间爬行
汗水浇醒干渴
早晨的树荫几时抛弃了
被冷落的草帽
那满身迷离的眼神
早已勾引了我的行踪

父亲说过
奶奶的编织技术高得能够得着太阳
这些年我信了
在她的小脚踩遍的十二亩九分地里
在她走后的二十二年里
我拾捡着她忙活一辈子的
收成，任由年轻的汗滴
溅醒记忆
和当初她编织草帽时的心情

奶奶说过
有阴凉的地方就有风
今天我又感觉到了
因为
这种凉爽
还会漫过今晚我和奶奶的梦

锄　头

扛在肩膀上的旅程
跳跃在一支山曲里
下地还是归来，脚步
律动着一颗收获的心
把头探进土里
只为根除
莠草，抚慰丰收的胸怀
游弋在庄稼的海洋
汗水溅起绿浪
惹得风儿欢唱　云朵遮阳
劳动号子的节奏里
有叩击大地的身影
奏响了土地的乐章
和火红的日子

夏 天

太阳伞
撑起一个季节
把爱与追逐
涂抹在伞面的花色里
与淡雅的裙裾
热舞

夏天
在流风的颜色里
和树荫站在一起
成为城市
看也看不够的
风景

山　风

山风起时
辽远的山色安抚着童心
眼神拉近山路
看见了黄昏
还有心中的人

老榆树下的外婆
踩实了身后尘土飞扬的日子
瓜果桃杏熟透了遥盼
怎奈　短短的日头拉长归路
一声哀怨
采摘了梦中久违的笑声

山风焐热了心事
一片榆树叶欢腾着鼻尖的温存
夏雨冲淡泪滴
品咂出一季果实的甜涩

还有　榆树荫下
那一双眼神

生活底色

暖

正午的太阳吻醒惺忪睡眼
一厘米的暖
和五百毫升白酒宿醉的梦魇
空空,碰倒夜和牵挂
在一双关切的眼眸外
溅起眼波的余温
谁的惊厥眨动着心的双眼

赐

一个人的日子
远足让安逸放大了幸福

山川草木,花鸟虫鱼
嬉工作的经纬,戏生活的两极
乡道　童年
还有几只不知名的蚊虫
——赠予我足踝边绯红奖赏
一丝微弱的不适飘来,又飘去
我已迷失了儿时的梦

美

长焦镜头这端
光圈与感光度凝神屏息
一朵蒲公英在微笑
在她油绿的世界里

在他七点八公里的步行图上
这段情在按下快门的一瞬间定格
爱,距离,美

雨

风
终于牵了云的手
在川道、树林、芳草地浪漫时
表白了心事
雷公的言辞　电母的神色
翻涌云的心潮
反抗　对峙　哭泣
苦了云的执着　风的痴情
太阳见证了
一道彩虹
——他们的爱情果实
风又起
不再燥热　满目清新

夏忙

头顶那团棉花焙热,风
在父亲和锄把间游戏
干旱爬满了额头
一滴汗润湿脖颈和黝黑
流进了阳光明媚

尘土盖满肌肤
视线淹没了
绿意,不要去拷问收成
五黄六月的农忙
在一声风哨中响起

秋雨辞

迟

在时间的记忆深处
农民的希望,终于没能
无果而终,总算是
渴盼的力量
唤来了姗姗来迟的
心满意足

太阳的等待
昏昏睡去,昼与夜
弥漫、沉浮、伸缩
干渴的心事
被淹没在阴晴表里
时令,任性地
洒下一地的沉默
在昔日虹桥矗立的地方

暗自哭泣

多

淤积在坑洼处,沟岔里
汗水,以衣锦还乡的待遇
醇享山野的豁达与质朴
风景
刻在心里　映在眼里
距离之外的夙愿
归还给土地和背影
还有几声,暗夜里
此起彼伏的梦话
忙碌在农人的锹镐锄犁上

淅淅沥沥的尾音处
一个叫"收获"的汉子
秋高气爽中,又在
挥汗如雨

冷

诗人的笔
难道要钝在
丰收的节骨眼上

连绵的愁思
浸染了风华,渗透了义气
第一个寒战袭来
高举的旗

滑落,飘落,抖落
平仄地,隐忍着心情和意志
繁华
被拾捡到荒芜的夹页里
谁的一句浅吟在微颤
谁的韵脚厮守着季风的门槛
谁的意象还能临摹
——哪层秋雨这层寒

无可复制的夏

1

阳面的窗户和阴面的窗户
难得可以敞开胸怀,坦诚相恋
伸开双臂拥抱的夙愿
却总被日与夜的热情叨扰

2

皮肤谴责骄阳蛮横
怂恿汗毛跟风
指责未果
汗腺溃不成军
午夜失眠的角质层

在黑暗中悄然检讨

3

天气预报又在骗人?
不,是你的眼睛和耳朵欺骗了你
还有一颗被寒冬冻结的心
迟迟不肯醒来

4

我久违的热情
缘何遭遇冷眼
冷水浴、空调机、冷饮

一些亘古的心声
在光晕间打着寒战

5

不管是谁的眼泪
那份伤感总不愿被无偿
兑换成人们的喜悦
即便是感激、幸福
正值旺年的激情与热烈
岂能轻视风起云涌

信天游

羊群赶着日头
在高原的头顶上
捡拾起蓝天遗落的
羊肚子手巾

一杆拦羊鞭子吼喊着
夹袄包裹的曲调
山丹丹花的心事哟
被谁唱遍了前坡坡后沟沟
沙柳探着腰身
也没握一下妹子的辫梢梢
羞红了的背影哟
几时让满山的曲子
再找回魂儿
把情愫倾吐

写给外甥

冬月积攒了太多
谁的喜事连连
一杯开心的意思
让年味儿笑得前仰后合

谁能定义敬意
谁能摆平美酒和歌声
谁喝完最后一杯
谁还在品咂情感的度数

曾经荒凉了的心愿
被风干成街角的风铃
等来隔夜的惺忪和刻骨
沉淀于季风的多音盒里
伴着一念执着
在祝福内外
描绘图腾

是梦想定义的欢喜
永远没有荒废的理由

穿过一条斑马线

城市,陪同父母已多年
老了,看似健壮的体格
行动却缓慢了许多

母亲说
红绿灯读秒时间好像慢了
斑马线前车和人都不用抢着过了
喇叭声也少了,反倒是
人们脸上的笑容多了

父亲说
每个司机
其实就是这座城市的名片
红绿灯前礼让行人或彼此礼让
都是在为城市正名

秋枫绝恋

秋天朦胧的心事
在第一片枫叶落下前
道出了心头的爱意
绯红的脸颊
是暖意,还是羞涩
只急得秋追逐,环绕,言语

浓浓的情
无法参透,独自徘徊
炽热的爱
如何厮守日渐衰落的等待
散落一地吧
已铭记与她凌空齐飞的舞姿
只是那身后的整片绯红
何尝不是滴在心口的伤与痛

今夜,最后一片已然凋零

呼唤一季的心声停息
我要流干心底的每一滴泪
明天，邀上冬雪的殡葬队
为你殉情

盹

时间
在生活的角落打了一个盹

听到了童年的笑语
还有外婆晚饭前
与炊烟交织升腾着的一声声呼唤

暖意微醉的沙滩尽头
阳光只剩下几枝狗尾巴草的温存
牧归的羊群
烘熟了梦野的果实
微醺的气息已然俘获了沉默的味觉

耳畔的风啊
无须窃听我的心悸如虹
因为世界早已醉去
伴着你我的心神

烽火台

秦风吹刮着明朝的雨水
打湿远足者的额头
追逐,在时空的记忆里
几行脚印踩成一条心路

沟壑厮守着峰巅
原来他的心早已遥寄别处
一顶乌纱,叱咤的岁月
被风云吞吐
原来,凸起在山峦间的风景
是望不尽的孤独

深秋，或者初冬

蜷缩在脖颈里的冷意
纠缠着一条街
和一个清洁工的时光
浸染的风景
席卷了季节和收获
飘零的，时而发亮的金黄
闪烁在眼眸里

有音调
响起，撕扯心的窗扉
似童年的风笛
吹散门前林荫下的欢笑
吹皱抽屉深处的日记
吹干岁月调和的潮气
吹净一路败叶与尘泥
气温与时令重叠的十字路口
绿灯，黄灯，红灯

轮流睁开命运的眼睛
看灵魂的方向
等待岁月的面孔

第一场雪

冬日,寒冷迎来了一场小雪
没有狂野的飘扬泼洒
也没有冻雨的严厉冷峻
薄薄一层　冷冷一夜

黎明在酣梦中冻醒
或许是大地的靓丽
灼亮了她的眼睛
惊叹　兴奋
不要忘却第一场雪的恩赐
收集所有的赞誉和祝福
谁在阑珊的风中祈祷

夜半,我想起了爱我的人
还有母亲为我端上的
那一碗热气腾腾

四季歌

风

唱着时令的歌
却唱疼了季节的喉咙
明明想托起云的婚纱
却让尘事模糊了旅途

雨

欢喜,悲伤,阴郁
大地永远包容天堂的宣泄
流淌成一曲歌谣
所有寂寞终将被吞噬

雾

笼罩在爱人心头的一袭纱
隔着我的追慕和等待
在冷与暖的调色板上
心情和着目光还要迷失到什么时候

雪

冬天为寒冷准备的嫁妆
压箱底的婚纱
总是被多情的阳光试穿

山村飘雪

驭风而来
簇拥着节令和农谚
在村庄迷离的眼神中
寻回冬天散落的记忆

圣洁开始降临
牲畜,植被,还有疲惫的农民
宣泄,溢满心事
关于收获
是今夜村前庄后火红的灯火

笑脸,谁消融了你的冷意
欢呼和雀跃
乘着几米阳光
暖透了田间地头深藏的美梦

第二辑

记得忘记

记得忘记

习惯了成长中的坚强
却不曾记得
洒脱已是一种取舍

淡忘过爱恨的
蛛丝马迹
或许,另一种底蕴
早已在灵魂的罅隙萌芽

往昔的点滴
纠缠记忆的敏感一角
伤感袭来
是否还有一种勇气
摒弃所有的泛黄
于是
我告诉自己
记得忘记

情婵

撇开喧嚣
静下慧心
留一方净土
于疲惫的心灵
一杯苦涩
滋润早已萌芽的爱苗
情的藤蔓顺势攀缘
亦真亦幻的梦境
思索，定格为一架秋千
徘徊于一片晴天下
于是，荡过的弧度
牵动芳心的敏感一角
浅浅一笑

南长安

在长安以北的风中捕捉
花荫下浅埋的诗意

风力轻柔,敌不过酷暑
阳台上,窗敞开胸怀
迎南风来,浸润年岁

从长安以南的密林里飞来
停在每一夜的蝉鸣声中
藏好燥热,送清风拂面
橡树边,一束花馨香满目
书清曲浅,距离悦目

被忘却的时间生根发芽
长安花何以一日看尽
孤独的种子
散落在长安以北的北方

被一首歌萦绕
忆往昔,人未央

菊花香

恍惚眼角的一缕古韵
折服彻夜的无眠
纵使蓦然一瞥
痴心亦会迷醉于波澜

销魂的气息
收敛你彰显的气质
休怪我多情的眼神
勾勒降临于你的幸福

不懂

你不懂我的情
就像我不懂前鼻音与后鼻音
在唇齿间徘徊
却隔着两颗心

你不懂我的心
就像我不懂冬天的火和夏天的冰
季节内外的存在
哪一个才是真

你不懂我的真
就像我不懂雨和雾的朦胧
飘在你我眼前
为何能凉透每个人

虞美人

她像极了那个人
迎我而来
便溺我于三千红尘
只听朱唇启
却未识芳容

她落座于我的左侧
侧对月亮
不知夜色浓时
是她皎洁了月光
还是月羞涩于她

她拥有梦幻般的眼眸
一汪清澈
映着山清水秀
浅笑也欢颜
低眉更楚楚

她的眼神与我并无交集
平行的遗憾
写意一首诗和远方
背影就是风景
旅程便是永恒

阳光灿烂的日子

没有雨季的烦恼
也不用在乎来日是否艳阳
风，掠过昨日的遐想
花香四溢时
一切异乎寻常

阡陌心野的脉络
绿意泛滥的山沟内
悠悠蛙声
击破前世的
等待与守望
闭上双眼张开双臂
待蓝天绿野轻叩心扉
和风吻过的脸颊
留一丝微笑
与美梦共享

能不能为我写首诗

时间,容颜的敌人
任由岁月全身而退
却让年轮写满身心

有时针,分针,秒针的脚步
踩踏一颗渐次成长的心灵
听见比梦更真实的声音
啜泣朝阳即将升起的姿势
还有笑靥模糊的表情
僵固了思绪

天气预报说明天有雪
那是昨天你喜欢的气候
而现在
有一种氤氲气氛
在意象群里骚动
触发,一首诗即刻启程

女漫画家

动画片的色彩艳过了彩笔的颜料
悬笔,勾勒,塑形
总有一些活跃的符号,游走
在思想的深渊和艺术的崖畔上
触及灵感的火种和眼见为实
交织成超现实的意象

是谁沉寂了五颜六色的世界
有几声悦耳的笑声也迷了路
白炽灯,已然憧憬着一袭白纱
今夜,有一首轻乐陪伴着星星
因为月亮,早在来时的路上
拾起你暖暖的梦

**你漫不经心的歌唱
和我无精打采的掌声**

作为听众
我拥有无以数计的理由
不来,或者不听
哪怕是装模作样
都难逃任务的囚笼

苦笑,也算作表情吧
至少代表了友好,在我看来
因为,有半秒钟的回笑
认真,严谨,大方
映入了我心

无关交情和面子
我成了自己时间的敌人

那一天

风熟知爱情
冬日的阳光
闪烁着皇家的颜色
等候者孤独地测量
远方的伤口
敲碎的钟在膨胀
午后的漫步者
请互动这岁月的含义

有人仰面朝天
有人紧握着手机走过
饥饿感推迟了几分钟
仅仅几分钟
太阳在研究身影
我从人流中转身
看见心目中的爱人
孤独者的文字

像利剑划破长空
我凌晨三时打开手机
想那些星星大放光芒

等

是谁偷走了我的欲望
是谁扑灭了我的梦想
是谁忘却了我的记忆
是谁禁锢了我的方向

那只天边的候鸟
扇动的可是我前世的翅膀
若隐若现的背影
请不要再纠缠我依恋的眼神
而我终究没能倾诉衷肠
所以我只能在原地彷徨
哪怕是思想

其实我放弃了执着
因为遥不可及只能让人奢望
当我张开双臂将要振翅飞翔
为何风雨肆意

为何阴晴无常

也许时间是永远的解药
也许空间是绝对的天堂
没有告诉我出口
我何必走得那么匆忙

海子,让我们穿越

我是远古森林里一株野草
雨露滋润过我的根须
骄阳未曾远离我的视线

黑夜
我守护着白昼的光焰
白天
我回味着暮色的温存
只等明月东升的时候
我倏忽掀起梦的帷幕
留守的愿望
只有你是我不朽的追逐
哪怕黑暗吞噬了仅有的光明

明天醒来
我是太阳的独子
所有的仰望都是我的功劳

原野上荒芜的空气
会读懂你的寂寞
某一天
我已经作古于你的辽阔
当野火燃起
我又回到远古
旺盛的火光中
我不再寂寞
我相信在火苗的最高处
我的灵魂已触摸到太阳的光芒

致佳人

如果可以逝去
我祈求上帝
赦免我曾经的爱恨
让挚爱没有遗憾
让痛苦趋于和平

把夜吟成一首诗

遗落在时间的荒野
夜的深与黑
被清醒打捞起
不爱,不恨
矗立成思想的背景

深呼吸与一叶枫红同时落地
在落霞辉映过的亭台外
儿子的欢笑揉碎牵挂
发酵成此刻星辰

遥远和咫尺之间隔了一条河
看不见源头和终点
我面朝彼岸
预想一支箭的轨迹
和你抬眼看我的神情

等待逍遥

惬意的微笑
写满我最阳光的心情
遥远的一缕晨光
早已慰藉昨夜的梦
微闭双目
让冬日的冷酷
去嫉妒我
这一刻的温暖

清风吹过脸庞
恰如你隐隐的笑靥
沉醉我所有的向往
当回味不再完美
等待，或许已是
爱的代价
可我依然能感觉
神游过梦的边际

你，一笑之后的
美满

哀

时间，转身
满目疮痍
在最惬意的无聊间隙
那朵愁云何时化作了甘露
悄悄将我的灵魂慰藉

我口齿愚笨
始终说不出那句预支的心语
独对月夜
那遥远的惦念
是否已心事葱茏
粉色写满了所有的心情
流星贪婪地守在窗前
只有月亮
再一次将美梦偷渡
却惊起——
不是思绪勾勒的喜悦

而是呓语朦胧中的感动
寂寞的白纸
我用等待写下苦涩的爱恋
然后让孤独品味
殒落在凝视的手机里
原来我神往的情谊
早已折服于你的关切
在寒暄的遮盖中
默默地渗入我的心田

花期，能否不再遥远

我是否能骄傲地去爱你

几首诗的开头
是我几杯苦酒的思索
和一串留在心底发酵的
表情

将你捧给太阳吧
至少他能给予你
除了温暖
还有光明
以及其他我都未曾想到的
在我焐热的掌心
一滴汗润湿了你
干净,体贴
牵手是那一程的收获
拥抱是这一时的情愫
此刻之后
你将是我的远方

我的爱
从此只剩骄傲

忘不了你

忘不了你清澈的眼神
忘不了你每一个开心的笑容
忘不了你举手投足的一刹那
忘不了你安静时最甜美的表情

你
曾经是我魂牵梦萦的追逐
你
曾经就是我日思夜想的精灵
你
曾经也是我牵肠挂肚的梦魇
你
曾经还是我千里之外的乡音

走千山万水
唯有这颗心在为你跳动

当牵挂不再是距离的猎物
当思念不再受时空的约束
我何以听任所有的繁琐
我已经在靠近的征程中跋涉
我已经在悸动的心房边倾听

咿呀
那一声最好听的童音已经在呼唤
那一眸最透亮的眼神早已在期待中靠近

致初恋

此去经年
回忆
心痛的罪魁祸首
哪怕
些许回眸
泪水大于
血的代价

她在等我的诗

三面之缘
我已仿佛凌驾于宋唐
我与她的平仄
是否被飘忽的诗意
写入生活与情谊的韵脚

六月六日的天气里
农历的扉页写着一些人的欣喜
不可或缺的被关注
阴晴与等待博弈
几行猝不及防的文字
写满晚饭飘香的节日
和满脸喜悦的心情

留恋

夏天
风爱上了窗帘

主人不经意间打开窗户
那条细缝
成全了风与窗帘的交往

最初
窗帘略显大家闺秀的扭捏娇羞
随着风的热烈
他们开始打情骂俏
卿卿我我
缠绵悱恻……

某一刻
主人发现
窗帘的肚子大起来

索性,关上窗户
失落之际,窗帘没能保住
她与风的爱情之果
日渐消瘦恬静

任凭风在窗外呼啸

最是你温柔

回首
只剩你双眸
笑语凝噎,欲诉还休

陈年已逝,旧梦回首
廿载华年几多情
奈何心底添新愁

强颜欢笑,痛饮杯中酒
明日相逢何处去
只愿来生共白头

荒芜

久违，也许只是一种伤感的基调
但我相信更多的还是牵挂
在阔别已久的情谊面前
激动原来也会苍白无力
几句寒暄只能留给电话
祝福就留作对友情永久的陪嫁
逝去的岁月
务必保存我不朽的记忆
明天的朝霞
请带上我无尽的牵挂

有人说，回忆是一笔财富
那么我是否已经
富足得可以肆意挥霍
可又何来这番荒芜
还有这般颓废
华丽的伤疤

如果洒脱

虔诚
只为过往青春
回眸俗世风尘
醉了
只为这轮明月
映照圆缺阴晴

摒弃年少轻狂
作别青涩懵懂
誓揽九天明月
何患命途浮沉

当汗水盐渍周身
当泪滴再次眷顾笑颜凝固的面容
当斗志不在,尚且世事沉沦
当头顶烈日隐于天际的乌云

是谁曾说,命途多舛天降大任
是谁曾放歌,天生我材必有用
是谁曾呐喊,暴一声惊雷
炸出个地阔天明

迈开步伐
青春只应昂首挺胸
淡泊成败得失的纷扰
让这一刻肆意洒脱
笑看花开花落,极目苍穹

恰似六月雪

初夜
放纵我的疲惫
在曾经爱过的角落
我依然在寻觅
你
发丝间
久违的妩媚

流星消逝的尽头
我被你隐约的笑意惊醒
挣扎着
却没能挽留
我,坚强的眼泪
或许我该留一个背影给你
避免这一刻的痛彻心扉

被快乐倒映着的心情

生活的底色通透
晨曦中看见初升的朝霞
晴雨相间时邂逅一弯彩虹
够不着的星空
点亮眼前的每一盏灯
孤独已淹没背影

日记本的封面
飘扬着保质期内的心情
第几次翻开
第几次合上
双眼跟着一起眨

腕表和闹钟钟情于你
和日子的不期而至
原以为昏昏沉沉的死寂
却始终醒着

一个失眠的夜
走失在童年的乡野
欢呼声飘到前日走过的远方
一会儿笑着
说天上的云,闻地上的花
一会儿静得
没有了声音……

记得

我记得你的笑容
姹紫嫣红，亦幻亦真
我记得你离去的背影
若有若无，泪眼蒙眬

火热的季节
融化了你我心底尘封的情愫
我已经在尽量加快脚步
可还是落在了时间的身后
只是你回头的瞬间

第三辑 旅梦人

旅梦人

循着时间的裂缝
触摸一朵光阴之花
刹那间惊醒
片刻之后
我嗅出许久之前的一缕彩虹
夕阳照过的那只沙鸥
归隐了我前世的酣梦
双翼拨开浮云
消散了余尘
了却了宿命

时间
或许是空间的罅隙
我偷窥了我的前生
只这束晨光　这缕春风
闭目，让记忆尘封
皈依灵魂深处的本真

在路上

绝尘

双脚叩响晨钟
在熟睡的戈壁滩上
方向与风不期而遇
简短的告白
孕育情的种子
风声猛长
风景的殉道者
编织着旅途的影子
脚印燃烧成图腾

御风

脚掌追着风的速度

或者，已经超越
慢一点，稍微慢一点
让发丝和指尖牵着风的素手
吻遍微侧的脸颊
她可以和我的鼻息搭讪
但那一句俏皮的情话
我必须亲自珍藏
用笑弯的眉眼和嘴角边的歌谣

沐雨

应该是一场及时雨
稍晚于阳光
光顾征程
冲洗掉行装以外的负重

一粒尘埃,一叶红枫
抹一把没了温度的汗水
搁浅在一池秋水旁
滴滴答答,敲在身上
驻足,听见了晴空与旷野的悄悄话
还有村口那弯虹桥下
奶奶碎碎的脚步声

傲雪

没有梅花的雪国
唯余莽莽,胜似一朵
绽放成眼底的高原胜景
脚步深深,缀满归途
一杯清冽北风

宿醉胡马
静默的银月如钩
挂着我为爱情赢得的婚纱
明天我要用火红的骄傲将冰冷融化

矿工

一颗通明的星子
跌入时空旋转的矿井深底
犹如故土赤子
情感热烈,执着
不必参透比巷道更深邃的眼神
背影,穿过厚实的煤墙煤壁
谈笑,爽朗矿山的每一次悸动
年岁的每一页背面
记忆的笔锋
描画着璀璨夺目的点横撇捺

她
——致矿区女工

形同陌路
只因为这身娇媚

奔波于矿区
她,不缺乏男子汉的刚毅
一身素黑
交替着工作与生活的美

每一条车来人往的道路
每一件饱经风霜的作衣
每一间窗明几净的宿舍
每一款运行完好的仪器

可曾专注过那默默无闻的背影
可曾想起过这份不可或缺的努力
当和谐矿区的朝霞无比绚丽
她,承载的不只是半边天的光辉

俨然一幅画
她，便是画的主题

山恋

那一年
我作别象牙塔
步入了群山
顶着一盏矿灯
我是大山的血液
师傅说:你就是山上那棵白杨

那一年
她认识了大山
走过了山路十八弯
怀着一腔赤诚
我就是满山的花语
她说:你就是山顶的那棵青松

那一年
我走出了大山
儿子踏进校园

追着一轮太阳
我倾听着大山的呼唤
儿子说：您就是头顶的这片蓝天

那一年
我作别了繁华
寻着旧梦回归了大山
踩着一条山路
我就是大山的足迹
我知道：我要托起大山的明天

煤机司机

从阳光明媚的七月
赶来,听你的轰鸣
阴暗潮湿,和脾性周旋
谁在鼓噪着年少的汗水
踌躇与隐忍
拖着前滚筒和后滚筒
徘徊在煤尘和器械间

笨拙,难掩技艺
还有我与日俱增的倾慕
敦厚,实诚
静,依偎你身躯伟岸
动,听不够你绝世交响
每一秒与你对视
都在了却前世情缘
早该与你比肩为伴了
形影不离,衷肠道尽

听暖了心意
看明了笑容

与你的爱情

需要甄藏多少年的甜言蜜语
才会酝酿成一句表白
和你绯红的容妆一样执着
和你明亮的眼睛一样坚定

随风起舞
拽走多少追逐
逆风独舞
侧身依旧繁华
走近我的身边,默默
这程路上温暖如初
和着内心深处的心跳声
你可曾听到我唱给你的这首歌

与你共处的每一刹那都是良宵
我的新娘
今夜再次携手

看星辰点点
新月初升

幸福的守护神

看见你
在井口井然有序的队伍里
在煤尘扬起的矿井下
在千米巷道没有尽头的角落

目光沉着
一身制服走进矿工的心扉
扛起矿山安全使命无怨无悔
用责任丈量出安全的时间
用谆谆教诲写满每页幸福的日记
用日日夜夜的坚守与执着
让万户千家温暖如春,四季相依

有你的陪伴
我在圆梦的征途中满目朝晖
有你的陪伴
安全矿井的脚步永不停息……

黑之魂

衣裤靴子器具的黑
深入
晨曦中
留下一缕煤灰
宽阔的背影
闯进大地的心扉

煤墙煤壁煤机的黑
掠过
轰鸣中
留下一身刚毅
创造着温暖
照亮了妩媚

脸颊双手嘴角的黑
归来
凯旋途中

留下串串笑语
更迭着时空
与日月同辉

电工的爱情从来都不会短路

和昂贵并肩而来的原理图
是常翻的那几张书页拼凑成的情书
靓丽的装扮
深藏的蜜语我会独自参透

还有一把掉了色的钳子
摸爬滚打的弟兄们都知道
那是我的老情人了
这些年有她的贴身呵护
才有八小时里外的幸福

妻子的电话这些年不嫌烦了
老班长说要懂得知足
妻子说她能听到我的微笑
所以
我的爱情从未短路

煤

究竟寄存了时空多少魅力
让这群执着的汉子
赤子般钟情于你
日夜不分　四季厮守

夜一样深邃的瞳仁
照亮远近起伏的脚步
和着妻儿父母的叮咛
将一串嘱咐也装进工具包

把光和热扛在肩头
一轮太阳从万户千家升起
深埋在心底的火种
映红了每一张笑脸

黑色梦魇
犹如隔世的爱一样纯洁

藏在矿工眉宇间的一句情话
读懂你恒久的心愿

背影

巷道很长,双肩很宽
从井口到工作面
日子顶在矿灯里
坚实的脚印
迎来冬夏,送走寒暑

头顶的光束中
妻子的叮咛,儿子的笑语
它们的终点
总有一个矿工的背影

壮实的身躯
撑起的不只是一个家庭
灯火通明的日子
被你的背影温暖
还有你憨厚朴实的微笑

煤的自白

前世,我曾是一望无际流淌的绿意
前世,我也曾沐浴和风骄阳
前世,我还曾守望珍禽异兽的幸福
前世,我还曾有过不朽的梦想

我从未屈服于宿命
就算是地裂天崩的来临
我从未停止追求
哪怕是斗转星移的颠覆

今生,我已是群山深处的一层黑土
今生,我也是沉睡中的一座宝藏
今生,我还是熊熊燃烧的一缕火焰
今生,我更是雄鸡阔步世界的地下脊梁

犹如光阴轮回了远古的遗骸
搁浅的时间累积得以迸发

当乌黑的金子沉寂于繁华深处
在光与热的面前
你可曾感受到我的执着

在冬天的一枚叶片之上

目光穿透人群与昼夜
切断了思路与中枢神经
有劲风吹醒文字
眼镜片以外的温度
与冰冻三尺推敲
一个修辞或答案

坠落成影子时
和烈风邀欢,亮相
一刹那如同回归
多少颗情种的怀抱
左右成一朵泪花的表情
散落在贵族的梳妆台上

枝与风的爱
叫嚣成关注
叶的脉络曝光在空气和灰尘中

关于色彩的记忆已经龟裂
孤独的半个翅膀被飞翔同化
旅程,或长或短
甚至命运
别试图看穿暧昧,或者苟且

还原时间的标本
轮回
在秋天收获之前
在冬天的最后一片枯叶之上

当我发现你

我是镜子里的你
我是孤影以外的你
我是别人口中的你
我是梦里模糊的你
在你的心灵之外
有多少个你
悲喜不予你
爱恨无自己

是过去和未来的知己
如一副脸谱的双眼般深邃
看得见所有
直到你和所有
渐渐成为过去

我醒来
如你睁眼时看见了我

你回头了
这双眼是否还等在那里
等着
被你发现
在时间和爱恨之前

透明的哀伤

冥冥中遐想了一宿
只有夜风相伴
明月照亮了熟睡的万物
唯独忽略了守候已久的人

偶尔
鸟兽从或近或远处传来一丝骚动
柳树却抛弃了枝丫处的一叶枯黄
东山上,白日里踏遍的那山岭
此时已棱角分明恍若兽脊

奶奶说星星能实现你的愿望
可我忘记了如何去诉说
朋友说自信是强者的名片
可我为何只记得解脱

梦开始的地方

我看到了你清晰的身影
亦幻亦真
只是晨光灼痛了我的眼睛

自由窥见的幸福

忙碌点燃激情
三十六摄氏度的光与热
烘焙每一分每一秒
以及一再交织的酸甜

眼波倒影
耳濡目染
唱响在心底的动听
一如梦般遥远

而今我已长发及腰
独自随风摇曳
而你却在这首诗里
平仄日子的韵脚

在异乡的繁华中守望元宵节

我看见车流奔涌的方向
恰如身边的节日一样陌生
远不如身后的惜别,还有
阔别与重逢
就像拥抱茶具和书页间的一段闲暇

被关在窗外的灯笼,火红
映射得我有点眼红
滚圆,通亮
比父亲手糊的耐风吹雨打
可总是照不亮当儿女的笑脸
照不甜捧在碗里的美满

今夜,我的祝福早已寄给月亮
挂在门前的老槐树枝头
那洒落一地的
就是这一年父母双脚踩实的幸福

不如醉去
——听《新贵妃醉酒》有感

温文尔雅
是否只它配叫天籁
在耳际妖娆过许久
心头恍惚已痛饮数杯

的确
风花雪月
只剩爱的信物
浩浩江山
唯独我那刻的回眸
莫谈孰对孰错
权且让爱
溢满这杯陈年老酒

当时光惨淡了过往
明月依旧倒映于那池碧水
悠悠一声羌笛

恍若从前世飘来
带着爱
还有几世的箴言
每一瞬间的醉意

于是
茫茫爱恨折叠于诗的韵脚
莫论那年是非
就让
此刻的醉意
抛却尘世喧哗

微闭双目
凌空舞蹈

一条街

红绿灯

目送车水马龙
遏制熙攘繁杂
从来不追问街的这头何源
那头何方
动、静、快、慢都得听命于脸色阴晴
况乎
一条经年风吹雨打路人穿梭的街道

流浪者

风霜雨雪也会迷失来去的路途
笔直的大道

是否一定会直抵成功的尽头
通明，幽暗
从几时起已闪烁不出泪光的温度
灯火深处
有多少恓惶的步履踩痛了繁华的记忆

诗人

思绪
难抑随风翻飞的一片秋叶的诱惑
奔在时空的伊甸园
有多少灵感的种子
等待着破土而出
真假，善恶，美丑
每一个熟透了的意象

跟随被加冕的魂灵
装点着鳞次栉比的韵脚

宠物狗

逛街,或者不逛
辣"妈"全然兼顾的只是心情
命运就是一条绳索
长过整条街的年轮
被牵引的方向
应该能嗅出文明的气息
哪怕是雾霾,尾气,香水充斥
也不愿再次偶遇同胞离去的车轮

摊贩

叫卖日出日落
呼唤万家灯火
这条街的七窍还能被谁主宰
风欲动,雨已临
游走在城市供给的伤口上
却不知麻醉了谁的痛
几朵被幸福浇灌的花朵
盛开在午夜的灯影中

蚂蚁

仰望这隔世的一切

徒然
不是王国该有的样貌
时空隧道也不过如此
充斥喧杂
尽无生机
有必要策划一下归程了
整理一个故事给乡亲们听吧
原来,渺小最是安逸

里程表

我将时间和空间叠加
在分辨出黎明和黄昏之前
理想和现实总有一个会先醒来
因为
总会有一束光从镜片的一角
溜进心底
融化为,金钱或粪土的色泽
然后,窥见毫不设防的心事
跃上眉头的温度

论腿和脚的满意度

跑鞋和马路的爱恋
开始于两万六千步之前
宽广与娇柔
对视与追逐
被一份执念藏在了心头

你充耳不闻
她们,卿卿我我
风和尘的小报告
只会让你醉心
一笑,浅浅的,宛如一朵花
悄然间,已送给她们

是该修成正果了
汗水已浇透
马路也频频握紧鞋的双手
听吧,欢快的圆舞曲

正被悄悄哼着
鞋也拖着痴迷的舞步
马路欢欣邀歌
漫步在知足的大道上

被星星翻译的梦啊
那可是遇见、相守、了却一世的缘
执着是下一轮太阳
一段情愈深
一双脚的幸福路更长

闲趣

忙碌,在周末的峰巅悄悄静卧
侧耳听见遥远与欢愉
左手和右手相视而笑
背向熟悉
被心情发现之前
降落到朋友圈内
等围观的目光风干了脚印
那些阴霾笼罩下的花
散发幽香
伴着所有爱我之人的鼻息
和微笑拥抱后,结出果实
在满月升起前落下
会有另外一些忘记名字的花
稳稳地接住
拂去梦的外衣
然后,任由下一个黎明滋养
沉入心底的花种

第四辑 独行的夜

独行的夜

车灯不比夜的妩媚
三线或是四线城市
流淌着渐无浓度的繁华
劣质文化发酵着
难辨种类的菌群

车灯与一只狗四目相对
彼此无惧黑夜的黑
一瞥,却也赚足了回头率
谁的夜
已经,正在,将要
迷失在没有星月的分与秒

高低的孤影
逆向速度
盖过凹凸处的夜景

加速,在视线之外重归意识
驶向两个更深的夜

猜

泛蓝的天空
比如期赴约更难得

渗透在一次性纸杯底部的白酒
迷失了豪爽与快感

夜的晚妆太浓了
大概是雷阵雨淋湿了她的镜子

哪一颗星星泄露了秘密
让第一声蛙叫分开了一对情侣

抚摸一首诗的温暖

笔体歪扭
却早已渗满风骨
刚毅，雄浑
这股风从记忆中吹来
张起男人的旗帜

笔记本的厚度
藏不住岁月和钟情
日期亲吻过页码
一段波浪线牵缘
丰收了的爱
书写学者的执着与情怀

如果

如果只是惊鸿一梦
时间和距离
又怎会在你一旁
留下身影

如果冥冥之中
羽翼如禅坐的心
飞,或者徘徊
静静地呼吸,静静地听

谁的结系了谁的缘
一线牵着的三生石
光年之外转身
独看见月光舞影

开车穿过秦长城遗址

午后,自东向西
在一个缓坡与阳光的夹角
高速公路
忽略了油门和刹车
两道时间的闪电
驾驭着目光,拥抱于山野间

醉卧了几世的壁垒
扶着荒芜之杖
在光阴中重新矗立
或左或右
往来,注目,颔首
谁的臣民越过了疆界
又背弃了你的威严
谁的刀剑戟化身草木
扎根泥土直面风雨

长车穿过
没有城门的城墙
铭记瞬间的暗影
和映射在一颗心里的历史

风景

月亮
被心事装得满满的
旁观的星星
闪烁其词,隐隐不语

谁偷走了梦的钥匙
夜,放纵了思绪的极限
深邃的风景
只剩一双脚印
和,一声叹息

幽怨的黎明
搁浅了梦的种子
为何清醒却如此窒息
难道是背影
遮住了初升的太阳

我和太阳有个约会

晨光中醒来
我积蓄了夜的思念
还有黑色不朽的向往
干净的世界
你可愿意留下我的脚印
请宽恕我的自私
因为我不再孤独
和风，骄阳，万物
还有一成不变的眷恋
只留有一丝惬意独自品尝

朝霞醒了
她，已哭红我的双眼

微信群里的失眠者

立秋以后
比日头短了的精力
吮吸着余夏的记忆
露肩装,沙滩鞋,太阳镜
和一副面具
迷失了美图秀秀的主人

风言风语的左岸
熙攘成日子的密度
秋风吹破残阳
荡入灯火的波谷
谁人寻得这枚夜来香的美

秋露
攒足了一朵玫瑰的勇气
向迟迟醒来的太阳表白
原来前夜半梦半醒时

月色窃听了她的梦魇
这一袭白纱
如朦胧诗的迷雾
罩着这座城
素裹一个她

在风的怀抱里

晨幕被风揭起
漫溢的光芒输在了起跑线上

惬意比明媚更懂人的心思
被梳理的往事
听风,在回忆的枝干间
聚拢幽怨错杂
然后,慢慢地吹散
像曾经钟爱的情人
突然走到你面前
却又转身离去

在风的怀抱里
被抚摸的夏季
万物都是宠儿
草木鼓掌,山花舞蹈
行走的人啊

别再遮掩秋冬的心事
风儿拥抱的双臂
也是你恣意飞翔的心旌

回复

新建的QQ群像一只麻雀
鼓囊囊、叽叽喳、碎碎念
在裤兜里扑腾

QQ工作交流群第七次弹出信息提示
我的视而不见开始动摇
那一串文字从镜片边缘启程
游过四眼波纹
掠过大脑中枢
荡过心肺肝肾
三到五秒,面无表情
一声粗气,平息

鼠标拾起,右手
裤兜和手机招安
大拇指和食指
排着队,点下ok

夜的第七章

写给春天的情诗
苟同了夜色撩人
与一些不知名的星座
悬于日子的半空,等待
深黑色瞳仁紧抱月光
点亮情人心底的音符

夜归的云迷失来路
惹哭了愁容,揉花了晚妆
晓风搀着冰雨
碎身在一扇窗前

一朵玫瑰第七次被浇醒
在骤然亮起的灯旁,听见
一双执拗的目光
绕过枝丫与氤氲
遥寄未曾签收的夙愿

一只蚊子丧命于"侠女"之手

她的姓名
也算儒雅
以至于听到或看到
总让人不禁浮想她的容貌

"我昨晚拍死一只蚊子"
她眉飞色舞述说事情的原委
不甚了解和惊讶
发觉了她的年少

"蚊子的命也是命啊"
我的感叹略显有气无力
"我熟读金庸,精通古龙"
言语中暴露的几个招式
击中我的第六感
让侠女,渗入我的双眼
还有她的名字和身影

把自己埋了

冬天刚刚降临
却得到消息说
你把自己埋了
我没有诧异,笑了

你说城里的冬天根本不冻
随便哪儿刨刨就能挖个坑,给自己
我说春天就要来了
等到秋天,我要收获一树新的你

想起恩师

时间,掸去灰尘
一些记忆生长在距离之外
谁曾为短暂正名,缘聚散
长长的讲台,长不过几句
教诲于心

岁月碾压过,青春
有一些之乎者也羁绊着,日子
是右手握着的笔
和左肩膀扛起的锄
日当午的汗水
也能滋润身影掠过的
瓜果桃梨

回首吧,高度近视的收获
映象好似捧在每一堂课的书
不奢求做铅印的标题

寥寥批语

注解每一个日渐丰盈的梦

眼镜框里的标点

本不该是你作品的主体
却散落得到处都是
有始有终

比字简单
却频频提及
与字的组合
成就了华章

时至今日
我顿悟了
标点
也是极好的作品

起舞

最后一只火烈鸟的欢腾
彻底刺痛了太阳的自尊
若不是白夜庇护
那一双骄傲的翅膀
何以降落孤独的生命

时间诱发了种子
倔强与热烈又一次破土重生
秉性传承——燃烧 肆意 桀骜
只是这次不再游离于光芒
着我旧梦中待嫁的妆容
邀流风为伴
低吟入怀
业已云端起舞
翩翩

只身遇见苏泊罕

车辙隆起的和凹陷的地方
绿草守望日月,一岁一枯荣

马背上飘扬的情歌
掉进蓝色海洋
跃上白色的船
微风吹过
船载歌声飘四方

格桑花开满坡
谁家的牧羊姑娘啊
你怎能醉倒在这香韵中
这架简陋的马车哟
莫不是颠簸了你可爱的妹妹
流落在孤树边
等不来黎明
盼不得日落

远处牛羊静卧，毡房点点
昔日可汗御马落泪的腹地
一声声祷告
掠过草丛
飘向长生天

崩

95号汽油在二十分钟前涨价
四十公里的上班路大小拥堵七次
新开通的一级公路八个月后半途拆迁
交警与长途货车司机推让着一支烟

公司门口保安本月内第十次要求出示通行证
隔壁部门同事因例行公事而耿耿于怀
被催要两遍的公文在保存前与停电双双殉情
……

几个字飘来
表情包里频频躁动
还没明确目的地的征程
早已等不及昏昏欲醒

口罩

神木的冬天也会有雾霾
我疑惑的语调
让自己感觉有点突然

园长阿姨让每个小朋友都戴口罩
儿子努着嘴强调说
我咽下为什么三个字
飘出两个字：呵呵

太阳一大早就苦着脸
是因为没人给他戴口罩
幼儿园里这么多小太阳
是不是应该给大太阳戴一个口罩呢
儿子没有回答
只是笑了

感觉

时间没有了主题
只剩下印象牵扯着思绪
谁说你的美藏有虚拟
我早就定义了你
还有什么叫绝对
背弃空虚
填充劳累是否能拯救心底的疲惫
日厮守罢夜的妩媚
且留星星记录错与对

台灯

低着头
想,那些看在眼里的一切
把俯视与专注
静静地
诠释成思想者的姿态
看几缕游离的光芒
徘徊在夜色与窗台
是谁捕捉到了光明
还是光明青睐了谁
有这一丝光芒
夜不再长
梦不再寐

独角戏

文字留在沙滩上
文风飘在白云间
海,一浪一浪
却把追逐化作舞台
我,满眼的风景
你,无边的海平面

附录

在想象的世界里潜藏美酒般的诗意

党长青

最寻常的事与物,配了灵魂和情感的音符,谱成歌就叫诗。诗意的世界里,纯净的白云仿佛蓝色的天空里飘过的风,吹得天宇的胸腔发疼。雷和电是天堂发出的雄性呻吟,霞和雾是天神欢乐舞蹈时抖落的披风。精美的唱词不只是星星的眨闪,还有弯月的倩影、雨后的彩虹。太阳是最大的诗神。煤，别名太阳石，在煤矿上干事业的人，最能储藏热能。一个叫黄其锋的陕北后生，挖掘着太阳石，吟唱着太阳颂，把男人的阳刚美用汗水洗得光华四射。

诗贵言志，也贵抒情。寸心如池水，用一颗灵性的石子投掷，便会兴起感情世界的巨澜。在想象的世界里，目光如钢钻，钻探出质地坚韧的煤层。闪着火花的生活矿井，不躲避易燃品，而是希冀火的碰撞。炉中煤不说话，却渴望点燃，燃烧的冬天自会给世界笑容。黄其锋的人性里有沉默的因子，仿佛一块待燃的煤，只要给予火的温度，便会爆发出冲天的光焰。当然，沉淀的善良品性是陕北男人引以为豪的德；凝结的求真做派是矿工诗人一览无余的情。催化思想反应的应该是美的寻问，加速理智之轮的应该是力的考量。在黑沉沉的地层中，在矩形的坑道里，在轰鸣的采掘机旁边，总有一种思想的灵光在闪烁；在大地的母腹里，有昼夜交替的时间躁动，有奉献者的汗水在无尽的空间里淹漫。诗情在劳动的间隙得到激情无意识的灌溉，于是成行的诗句在井下黑色的传送带上，绑缚着湿漉漉的煤块运行到矿口外，阳光一照，印刷成最美的丰收书页。于是，那些从井下打捞的痛苦标点，那些岩层中潜藏的丰硕文字，被最美的力道装订成册，诗书即成，大美逼真。

五颜六色的世界唯诗本真，酸甜苦辣的人生唯诗梦幻。黄其锋在《煤的自白》中道出："今生/我已是群山深处的一层黑土/今生/我也是沉睡中的一座宝藏/今生/我还是熊熊燃烧的一缕火焰/今生/我更是雄鸡阔步世界的地下脊梁"。矿工的情怀是燃烧的，矿工的腰背是坚挺的，矿工的梦想是美好的，矿工的生活是实干的。在地层中间挖掘梦想的人，可能有过胸怀朝阳的信念。为了生存，这世界上男人的工种逃避不了选择的沉重,不单单鼓吹什么伟大的精神,选择了这种生死夹缝中的行走,挣工资养家是现实的个人主义,与高尚之间其实还有一段距离。所以以煤自白的诗句,会挥洒出一种理性的超脱:"犹如光阴轮回了远古的遗骸/搁浅的时间累积得以迸发/当乌黑的金子沉寂于繁华深处/在光与热的面前/你可曾感受到我的执着"。这无疑是诗人的脱俗自白。心中有火焰的人,才会温暖别人。

诗的风格因人而异。近年来,国内诗坛乱象丛生,跑门路找人发表的,以权谋私逼压刊物的,雇用枪手给自己贴金的,写口水诗走红的,用谁也读不懂的诗意专门故弄玄虚的,抄袭他人的名句、篡改唐宋诗词的,平仄乱、错韵仿写绝句不知廉耻的,自己在圈内组织评奖的,靠炒作身体器官诗成名的,道听途说狐假虎威寻求庇护的,满天吹风到处宣讲新诗难辨真伪的……不一而足的诗界混世者,天天上演诗人的"创新"戏剧。黄其锋埋头写诗,用清澈的双眼打量着世界,用宁静的心态抒写生活环境里的事与物。他低调写诗低调发表,在《陕西工人报》《陕西农民报》《中国煤炭报》上常有作品刊登。浮华对他而言没用,反思式的进步却环环相因,他不会故步自封。

诗的表达清丽,诗的构思丰富,诗的品质高。由汉字组成的词句,永远飘荡着想象的灵旗。《山风》中有这样的诗句:"老榆树下的外婆/踩实了身后尘土飞扬的日子/瓜果桃杏熟透了遥盼/怎奈短短的日头拉长归路/一声哀怨/采摘了梦中久违的笑声"。想象力丰富的人,最遥远的心路还是想象。写诗的人要养静气,戒躁气,最后走向大气。黄其锋是个敛气静心的诗人,他不善于打混混,也不擅长钻营自夸。他如一面秋场,等着庄稼丰收堆放后,由大石碾子碾压,等着牛蹄踩踏和连枷的敲打,而后呈现一场金黄的灿烂。"功夫在诗外",个人的文学积淀和修养,要从无数次的阅读中寻找,所以他用词很准确,推敲也到位,使平淡的表达和慧心的结构有水到渠成的美感。笑声能采摘,熟透的瓜果是遥盼,把外婆的那种希望写活了,活色生香的日子暗含了"等"的甜美。

男人的泪水不是用来表达苦难的,当然男人的笑容也不是用来给强权表演的。黄其锋的诗里,有许多无奈和困惑,也伴随着些许苦涩与焦急,但他的底气里有阳刚,也渗透了阴柔,非常煽情地一笔带过。露珠把秋天的凉意翻转给人看,他把愁苦的心事用诗歌发烫的句式给人看与品。看与品是思考诗的根本形式。对于太阳、月亮、山风、季节、女人、文友,他都以不同的篇章融入了对自然的描摹,以低吟浅唱配合黄钟大吕,以激情昂扬映衬小桥流水,生动地体现了陕北的地理、陕北民俗。

好诗如美酒,让人沉醉。黄其锋的诗性是真实含蓄的酒,酒味醇正,在想象的世界里潜藏下美酒般的诗意,谁饮此一杯,都足以荡气回肠。